Chaos
chez les Mayas

L'autrice : Mary Pope Osborne a écrit près d'une centaine de livres, récompensés par de nombreux prix. Elle vit à New York avec son mari, Will, mais voyage beaucoup pour rencontrer ses lecteurs. Lorsqu'ils ont envie de retrouver le calme de la nature, ils se réfugient dans leur chalet en Pennsylvanie. Là-bas, juste en face d'un lac, ils ont leur propre cabane dans un arbre...

L'illustrateur : Philippe Masson, né à Rennes en 1965, est issu d'une famille de marins bretons. Il est tombé amoureux de la Touraine où il vit et travaille. Dessinateur de talent, il a illustré de nombreuses séries chez Bayard, et même de la bande dessinée !

Pour Cindy Mill, avec reconnaissance.

Titre original : *Shadow of the Shark*

Illustration de couverture et illustrations intérieures : Philippe Masson
Colorisation de la couverture : Élisabeth Jammes

Loi n° 49-956 du 16 juillet 1949 sur les publications destinées à la jeunesse.
Dépôt légal : janvier 2021 – ISBN : 979-1-0363-2468-0
Deuxième édition - Avril 2021
Imprimé en Italie

Mary Pope Osborne

La Cabane Magique

Chaos chez les Mayas

Traduit et adapté de l'américain
par Sidonie Van den Dries

Illustré par Philippe Masson

bayard jeunesse

Léa

Âge : neuf ans.

Domicile : près du bois de Belleville.

Caractère : espiègle et curieuse.

Signe particulier : ne manque jamais une occasion d'entraîner son frère Tom dans des aventures mouvementées, sans se soucier du danger.

Tom

Âge : onze ans.

Domicile : près du bois de Belleville.

Caractère : studieux et sérieux.

Signe particulier : aime beaucoup les livres, qui l'aident à se sortir de situations périlleuses.

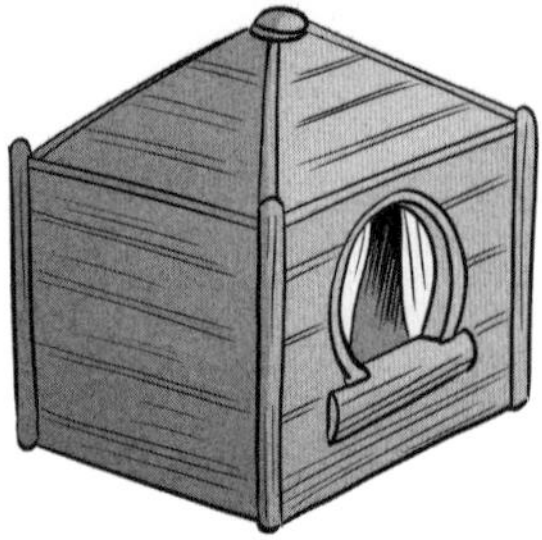

Les quarante-sept premiers voyages de Tom et Léa

Tom et Léa ont découvert dans le bois de Belleville, perchée en haut d'un chêne, une cabane pleine de livres.

C'est une cabane magique !

Elle appartient à la fée Morgane, une magicienne et une célèbre bibliothécaire qui voyage à travers le temps et l'espace pour rassembler des livres.

Nos deux jeunes héros ont déjà vécu des aventures extraordinaires ! Il leur suffit d'ouvrir un livre, de poser le doigt sur une image en souhaitant se trouver à l'endroit représenté, et ils y sont aussitôt transportés !

Dans le tome précédent, Tom et Léa découvrent le secret de la grandeur du « roi Pelé », une légende du foot : l'enthousiasme.

Souviens-toi...

47. Coupe du monde à Mexico

Les deux enfants se perdent dans les transports en commun. Heureusement, un jeune Mexicain, Roberto, leur vient en aide, et ils arrivent à temps au stade pour assister à la grande finale de 1970. Puis, avec leur nouvel ami, ils disputent une partie de foot avec des enfants des rues. Grâce à la brume magique d'Avalon, ils accomplissent des prouesses, et Roberto trouve sa vocation : joueur de foot.

Nouvelle mission

L'enchanteur Merlin et la fée Morgane offrent des vacances de rêve à Tom et Léa, à Cozumel, au Mexique, pour observer les fonds marins !

Sauront-ils éviter tous les dangers ?
Lis vite ce nouveau Cabane Magique et découvre le destin fabuleux d'une fillette qui s'appelait Cœur-du-Vent !

**Prêt à suivre Tom et Léa dans leurs dangereuses aventures ?
Bon voyage !**

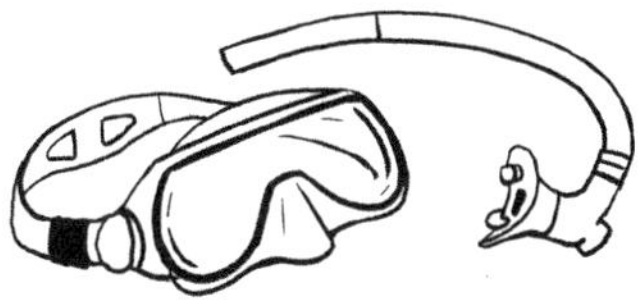

1

Des vacances de rêve

Accroupis sur la rive ensoleillée du lac de Belleville, Tom et Léa rangent leurs affaires de baignade.

Masques, palmes, tubas et gilets de sauvetage disparaissent dans un grand sac en toile étanche.

– Tu as vu quelque chose d'intéressant sous l'eau ? demande Léa à son frère.

– Rien du tout ! Seulement des herbes et des cailloux…

– Pareil pour moi, soupire la fillette, déçue.

Tom chausse ses lunettes et ramasse le sac, tandis que sa sœur enfile une tunique par-dessus son maillot de bain.

Puis les deux enfants glissent les pieds dans leurs tongs et prennent la direction du parking à vélos.

En attachant le sac sur son porte-bagages, Tom rêve tout haut :

– J'aimerais trop explorer un récif de corail, un jour…

– Moi aussi ! approuve Léa. Je voudrais faire du snorkeling[1] à Cozumel, au Mexique, là où sont allés Théo et Julie, pendant les vacances de Pâques.

Tom hoche la tête.

– Ça avait l'air super ! D'ailleurs, si on passait les voir ? Ils devaient rentrer chez eux vers deux heures.

– Bonne idée !

Les deux enfants coiffent leurs casques de vélo et quittent le parking.

1. Le *snorkeling* consiste à observer les fonds marins en nageant à la surface de l'eau, avec des palmes, un masque et un tuba.

Au bout d'une centaine de mètres, Léa freine brusquement au bord du trottoir.

– Tom, attends ! crie-t-elle.

Le garçon fait demi-tour et rejoint sa sœur, qui fouille dans la petite sacoche accrochée à son guidon.

Elle en sort le vieux téléphone portable de leur père. Il le leur a donné quand il s'en est acheté un nouveau.

– On a reçu un texto de Théo ! annonce-t-elle en consultant l'écran. En fait, ils partent demain de chez leurs grands-parents.

– Ah, dommage ! On n'a plus qu'à rentrer à la maison…

Les deux enfants enfourchent leurs vélos. Tom lance un défi à sa sœur :

– Le premier là-haut !

Il se met en danseuse et fonce devant.

– Tom, arrête ! dit Léa.

Le garçon ralentit et jette un coup d'œil par-dessus son épaule.

– Quoi ? Qu'est-ce qui se passe ?

La fillette s'immobilise dans un crissement de freins et agite une feuille de papier jaune.

– On a un message de Teddy ! Je l'ai trouvé dans ma sacoche de guidon en rangeant le téléphone.

– Comment est-il arrivé là ?

– Aucune idée. Teddy a dû le mettre quand on était dans l'eau. Ou à la bibliothèque. Ou bien…
– OK, OK ! Lis-le-moi.
Un peu essoufflée, Léa s'exécute :

Chers Tom et Léa
Venez vite me retrouver
à la cabane magique, SVP.
Teddy

– Allons-y ! décide Tom.
Léa range le message dans sa sacoche et rattrape son frère, qui est déjà à la moitié de la rue.
À l'orée du petit bois de Belleville, ils bifurquent sous les arbres. Puis ils poursuivent leur chemin sur un tapis de feuilles et d'aiguilles de pin.
– Ça fait longtemps que Teddy n'est pas venu nous rendre visite, remarque

la fillette. J'espère qu'il n'y a pas de problème à Camelot... J'espère que Merlin et Morgane vont bien...

– Et Kathleen, et Arthur, et Pirlouit... et, euh... tout le monde ! ajoute Tom.

Les deux enfants s'arrêtent au pied du plus gros chêne. La cabane magique est de retour, perchée là-haut, dans ses branches.

Un adolescent au visage constellé de taches de rousseur se penche par la fenêtre.

– Teddy ! s'écrie Léa en agitant les bras.

– Salut, les amis ! lance le garçon. Montez vite me rejoindre !

Tom et Léa retirent leurs casques. Ils abandonnent leurs bicyclettes contre le tronc d'arbre pour grimper à l'échelle de corde. Arrivés dans la cabane, ils embrassent affectueusement Teddy.

– Que se passe-t-il ? lui demande Tom. Il y a un souci ?

– Non, non ! Rassurez-vous : tout va bien à Camelot.

– Ouf ! fait Léa. Alors, Merlin et Morgane ont une nouvelle mission à nous confier ?

Teddy hoche la tête d'un air malicieux.

– Je crois que oui…

– Qu'est-ce qu'on doit faire, cette fois ?

– Passer un moment merveilleux, répond le jeune sorcier, énigmatique.

Tom fronce les sourcils.

– Je ne comprends pas…

– Merlin et Morgane trouvent que vous leur avez rendu beaucoup de services, et qu'ils ne vous ont jamais remerciés…

– Bien sûr que si ! proteste Léa. Ils nous remercient à chaque fois.
Teddy sourit.
– Disons qu'ils veulent vous remercier aujourd'hui d'une façon un peu spéciale. Ils veulent vous envoyer en vacances.
– En vacances ? répète Tom, surpris. C'est drôle : on était en train d'en parler.
– Alors, ça tombe à pic ! se réjouit le jeune sorcier. Où aimeriez-vous partir plus que tout ?
– Tout à l'heure, on discutait d'un endroit qui s'appelle Cozumel..., commence Léa.
– Cozumel ? Je n'ai jamais entendu parler de ce pays.
– C'est une île dans la mer des Caraïbes, près de la péninsule du Yucatán, explique Tom. Elle fait partie du Mexique.
– On rêve d'y aller car c'est l'endroit idéal pour faire du snorkeling, dit Léa.

Teddy plisse le front.
– Du snorkeling… C'est quoi ?
– C'est quand on nage dans un lac, ou dans la mer, et qu'on regarde sous l'eau avec un masque.
– Et on respire grâce à un tube en plastique, complète Léa.
– Ce n'est pas terrible, le lac de Belleville, pour faire du snorkeling, dit Tom. Mais nos amis Julie et Théo sont allés à Cozumel, et ils ont vu des poissons magnifiques.
– Entendu, fait Teddy. Ce sera donc Cozumel !
Il sort une baguette de sous son vêtement. Puis il dessine un cercle au-dessus du plancher de la cabane en murmurant des mots incompréhensibles.
Soudain, un petit livre apparaît sur le sol. Le jeune sorcier le ramasse.
– Voici votre guide de voyage, annonce-t-il : *Cozumel et la péninsule du Yucatán*.

Sur la couverture, on peut voir des illustrations et des photos.
L'une d'elles représente un immense hôtel chic ; une autre, une pyramide de pierre. Sur la troisième, il y a une fille qui nage sous l'eau.

Teddy retourne le livre et lit le texte de présentation.

Visitez Cozumel et la péninsule du Yucatán ! Choisissez un luxueux hôtel avec spa[1] ! Allez admirer les ruines et les pyramides anciennes ! Faites du snorkeling dans les eaux limpides de la mer des Caraïbes !

1. *Spa : bain à remous*

– Waouh ! Les vacances de mes rêves ! murmure Léa.

– Je vais chercher notre matériel, annonce Tom.

– Et moi, le téléphone. On va prendre des photos…

Les deux enfants descendent l'échelle de corde. Pendant que Tom détache leur sac de baignade, Léa récupère le portable et le glisse dans la poche de sa tunique.

Puis ils se dépêchent de regagner la cabane.

– On est prêts ! déclare Léa.

Teddy lui confie le guide.

– Emportez ça. Et ça aussi…

Il tend à Tom une petite bourse en velours vert. À l'intérieur, le garçon découvre trois pièces d'or.

– Qu'est-ce que c'est ?

– Ces pièces sont magiques, explique le jeune sorcier. Il suffit de les lancer en l'air et de faire un vœu pour qu'il se réalise. On veut que vous profitiez au maximum de vos vacances.

– C'est génial ! s'exclame Léa.

Teddy hoche la tête.

– Vous pouvez faire n'importe quel vœu, à condition d'utiliser la magie pour vous amuser.

Tom range la bourse dans son sac.

– Ça va être un voyage fabuleux ! se réjouit il.

– Allez, en route pour Cozumel ! dit Teddy.

– Euh... Attends ! Tu ne nous donnes pas de mission à accomplir ?

Jusqu'à présent, à chaque fois que Tom et Léa ont voyagé avec la cabane magique, Merlin ou Morgane leur avaient confié une tâche bien précise.

– Si, bien sûr ! répond le jeune sorcier. Comme je vous l'ai dit, votre mission, c'est de passer un moment fantastique.
– C'est tout ?
– C'est tout, confirme Teddy avec un sourire.
– OK ! Super, approuve Léa. Tu veux venir t'amuser à Cozumel avec nous ?
– J'aimerais bien, mais j'ai des courses à faire pour Merlin et Morgane. Vous me raconterez votre voyage la prochaine fois…
– Promis ! dit Léa. J'espère qu'on te reverra bientôt à Belleville.
– C'est prévu. Vous avez tout ce qu'il vous faut ?
Tom opine du chef.
– Et pas besoin de magie pour changer nos vêtements : on est déjà en tenue de plage.
– Parfait. Alors, c'est parti ! dit Teddy.

Léa pose un doigt sur la couverture du guide de voyage.

– Nous voulons aller ici.

– Pour nous amuser comme des fous, ajoute Tom.

Le vent se met à souffler, la cabane, à tourner. Elle tourne plus vite, de plus en plus vite.

Puis tout s'arrête, tout se tait.

2

Cozumel

Le soleil entre à flots dans la cabane magique. Le bruit des vagues qui se brisent sur la plage chatouille agréablement les oreilles de Tom et Léa.

Ils s'approchent de la fenêtre. Et ils découvrent que la cabane s'est posée sur un palmier, au-dessus d'une étendue de sable blanc. La plage borde une mer bleu turquoise.

Non loin de là se dresse une pyramide de pierre. C'est elle qui orne la couverture de leur guide de voyage.

– On est sur l'île de Cozumel, dit Tom épaté.
– Au paradis ! ajoute Léa.
Le garçon jette un coup d'œil aux alentours et s'étonne :
– Où sont les gens ?
La plage est déserte : il n'y a ni touristes, ni baigneurs, ni surfeurs…

Aucun véhicule n'est garé à proximité de la pyramide.

– Je ne sais pas, dit Léa. Je pensais qu'on verrait des hôtels luxueux et des restaurants chics…

– C'est bizarre, conclut son frère.

Il feuillette le guide de voyage jusqu'à ce qu'il trouve une photo qui ressemble à l'endroit où ils se trouvent.

– Regarde, c'est la même plage.

Tom lit la légende à voix haute :

La côte sud-ouest de la mer des Caraïbes est une réserve naturelle...

– Ah, cool ! On a atterri dans une réserve naturelle ! se réjouit Léa. C'est pour ça qu'il n'y a personne…
– Oui, sûrement.
Tom continue sa lecture :

Non loin de la côte, les plongeurs pourront admirer de stupéfiants récifs coralliens. Les débutants en snorkeling peuvent s'y rendre à la nage sans perdre la terre de vue.

– Youpi ! s'écrie Léa. On est à l'endroit idéal !
– Commençons par faire du snorkeling, suggère Tom. Ensuite, on ira visiter la pyramide maya. Elle est magnifique.

– D’accord !

Léa descend l’échelle de corde, tandis que Tom range le guide avec le matériel de plongée. Il met le sac en bandoulière et rejoint sa sœur.

Au pied de l’échelle, les deux enfants s’arrêtent un instant à l’ombre de l’arbre.

– C’est trop beau ! fait Tom, émerveillé.

Une brise fraîche leur caresse la peau. Le sable blanc étincelle sous le soleil.

– Quelle vue magnifique ! s’extasie Léa. Je vais faire une photo. Non, mieux : un film !

Elle sort le téléphone de sa poche, l’oriente vers la plage et effleure le bouton « vidéo ».

Puis elle commente à voix haute :

– Nous venons d'arriver à Cozumel, sur une plage de rêve, et…
– Stop ! s'exclame Tom. Imagine que papa et maman tombent sur ce film…
– Oh, oui, tu as raison ! s'esclaffe la fillette. Je me vois bien leur dire : « Ce n'est rien, maman ! On a juste fait un petit détour par le Mexique en rentrant du lac… »
Elle se dépêche de le supprimer et glisse le téléphone dans le sac.
– OK. Pas de films, pas de photos.
– Si on allait se baigner ? propose Tom.
Leurs tongs s'enfoncent dans le sable, fin comme du sucre en poudre.
Léa retire les siennes.
– C'est plus pratique pieds nus ! décide-t-elle.
Son frère l'imite et range les deux paires de tongs dans le sac. Léa aperçoit un radeau au bord de l'eau.

– C'est quoi, ça ?
L'embarcation est faite de tiges de bambou attachées ensemble par des lanières de cuir. Une rame est posée à côté.
Tom regarde alentour, à la recherche du propriétaire. Il ne voit personne.
– Je me demande qui l'a laissé là…
– Il appartient sûrement à la réserve naturelle, devine Léa. Peut-être qu'ils le prêtent aux touristes. On peut l'essayer.
Tom fait la moue.
– Tu veux dire : le mettre à l'eau ?
– Bien sûr ! Ça serait rigolo ! Allez, dis oui !
– Non !
– S'il te plaît ! On pourrait rejoindre le récif à la rame. Regarde comme la mer est calme…
Tom hésite.
C'est vrai que ce serait amusant.
– Bon, d'accord. Mais, si on le prend, on reste près de la plage, et on surveille les

parages au cas où le propriétaire reviendrait.

– OK ! dit Léa. C'est moi qui rame !

La fillette ramasse la pagaie, tandis que Tom tire le radeau jusque dans l'eau. Bientôt, l'embarcation oscille sur les vagues.

– Il flotte ! triomphe Léa.

– Tu veux monter la première ?

Tom pose le sac sur le radeau et le maintient pendant que sa sœur se hisse dessus.

– Parfait ! Maintenant, à moi !

Quand Tom grimpe à son tour, le radeau s'enfonce légèrement. Mais il supporte le poids des deux enfants sans couler.

– Youpi ! fait Léa. Il n'y a plus qu'à trouver le récif…

Elle se met à ramer, aidée par une légère brise qui pousse le radeau vers le large.

Au bout d'une centaine de mètres, Tom lève une main.

– Arrêtons-nous ici et regardons sous l'eau. D'après le guide, le récif est tout près de la côte.

– Tu as raison. Vas-y. Je reste sur le radeau.
– Tu es sûre ? Merci !
Tom fouille dans le sac de baignade. Avant de sortir son matériel, il consulte le guide de voyage et fait la lecture à sa sœur :

Les récifs coralliens de Cozumel reçoivent la visite d'environ 1 500 touristes chaque jour. Le corail...

– C'est quand même bizarre qu'on n'ait pas vu un seul touriste, l'interrompt Léa.
– Oui. Je ne comprends pas.
Tom se plonge de nouveau dans le guide.

Le corail est un animal. Un récif corallien est très fragile et met très longtemps à se développer. Les nageurs et les plongeurs doivent éviter de le toucher et de le heurter avec leurs palmes.

– Ça paraît logique, dit Tom en refermant le livre. On admire, mais on ne touche pas. Comme au musée.
Il range ses lunettes et le guide dans le sac. Pendant que Léa s'efforce de maintenir le radeau sur place, il enfile un gilet de sauvetage et chausse les palmes.
Puis il fixe le tuba à son masque, qu'il plaque sur son visage. Il respire un grand coup par le nez pour faire le vide. Ainsi, l'eau ne pourra pas y entrer.

– Tu devrais te déplacer un peu, pour éviter que le radeau se renverse quand je vais plonger, conseille-t-il.
Léa s'installe au centre de l'embarcation, tandis que son frère s'assoit sur le bord.
Le garçon se laisse glisser dans l'eau.
Grâce à son gilet de sauvetage, il flotte à la surface, et peut facilement loger l'extrémité du tuba dans sa bouche.
– Amuse-toi bien ! lui crie Léa.
Tom lui répond d'un signe de la main.
Puis il commence à nager à plat ventre en battant doucement des pieds avec ses palmes.
Au début, il ne distingue que quelques poissons à travers son masque. Mais, bientôt, ils sont des dizaines autour de lui.
Quel spectacle époustouflant !

3

Attaqués !

Le récif corallien que Tom découvre sous l'eau est immense et grouillant de vie.

Des algues s'agitent dans le courant léger. Des coraux roses et orange poussent partout.

Des centaines de poissons de toutes les couleurs vont et viennent paisiblement entre leurs branches.

Tom croise des créatures stupéfiantes : des poissons fins et étroits, des poissons épineux ou tout plats.

Certains ont la forme de papillons, de porcs-épics ou d'étoiles filiformes.
Il aperçoit des tortues vertes qui se nourrissent d'algues, des crabes énormes, des méduses, et même une raie qui ondule entre les herbes.
Rien de tout cela n'effraie le jeune garçon. Et aucune de ces créatures ne semble avoir peur de lui.
Avec son masque et ses palmes, on doit le prendre pour un drôle d'animal aquatique.
Un poisson à rayures jaunes fonce vers lui.
Il le regarde dans les yeux, avant de filer comme une flèche.
Un banc de minuscules poissons blancs passe au-dessus de lui, le chatouillant comme des plumes.
Tom se laisse dériver autour du récif. Des étoiles de mer orange s'agglutinent sur les branches de corail.

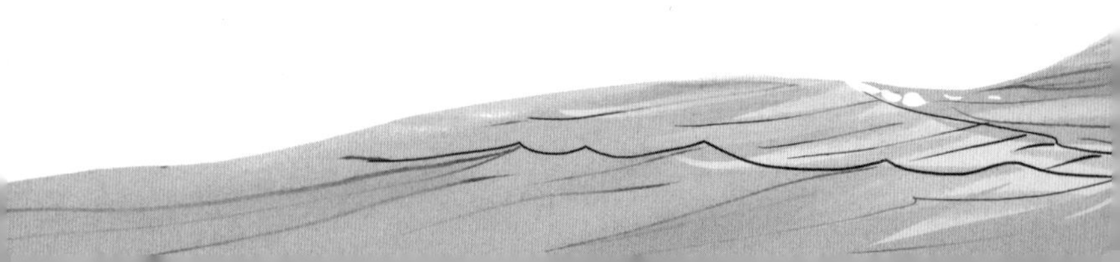

De tout petits hippocampes flottent non loin de là.
« Léa va adorer ces chevaux minuscules », songe-t-il.
Léa ! Le jeune garçon s'amuse tellement qu'il a complètement oublié sa sœur !
Il sort la tête de l'eau, ôte son tuba et regarde autour de lui. Il s'est éloigné du radeau. Le vent qui souffle de la côte l'a poussé vers le large.
Tom agite les mains en appelant :
– Léaaaa !

La fillette lui fait de grands signes et pagaie vigoureusement pour s'approcher de son frère.

Quelques minutes plus tard, Tom se hisse sur le radeau.

– À ton tour ! fait-il, essoufflé.

– Comment c'était ? demande Léa en retirant sa tunique.

– Incroyable. Tu vas adorer !

Le garçon ôte ses palmes et chausse ses lunettes.

– On se croirait dans un jardin sous-marin ! J'ai vu des tortues, des étoiles de mer… et même des hippocampes !

– J'ai trop hâte !

Léa confie la rame à son frère :

– Attention, il faut ramer tout le temps ! Le vent n'arrête pas de pousser le radeau…

– J'ai vu. Le récif est là-bas, en direction de la plage. Je vais te suivre à la rame.

– OK !

Léa enfile ses palmes, son masque, et coince le tuba entre ses dents.
Le radeau oscille légèrement quand elle se laisse glisser dans l'eau.
La fillette commence à nager vers le récif. Tom pagaie avec énergie, mais le courant le pousse obstinément vers le large.
Bientôt, celui-ci est si puissant que le radeau tourne sur lui-même.

Tom a toutes les peines du monde à l'orienter vers la plage.

Quand il y parvient enfin, il jette un coup d'œil vers le récif.

Léa a disparu !

Les vagues ont enflé. La mer lui semble soudain immense, et beaucoup moins accueillante.

Tom regarde tout autour de lui.

Il aperçoit quelque chose, assez loin en direction du large.

« Est-ce que ça pourrait être le tuba de Léa ? » se demande-t-il, inquiet.

– Tom !

Le garçon se retourne et découvre sa sœur tout près du radeau.

– C'est fantastique ! s'écrie-t-elle en retirant son masque. Totalement incroyable !

– Viens vite ! Monte à bord ! la presse Tom. Il faut qu'on retourne à la plage. Le courant est trop fort !

Une autre chose le chiffonne. « Quelle est cette chose que j'ai aperçue là-bas ? » songe-t-il. Il scrute de nouveau la surface de la mer et se fige. La forme dépasse toujours de l'eau. Mais elle s'est rapprochée, et on distingue mieux son contour.

C'est un aileron ! Une immense nageoire se déplace rapidement sur l'eau. Elle fonce droit sur eux.

– Monte ! crie-t-il à sa sœur. Dépêche-toi !

Léa empoigne le bord du radeau.

– Qu'est-ce qui se passe ? Pourquoi tu paniques ?

– Monte ! Vite !

– Pourquoi ?

– Ne pose pas de questions et fais ce que je te dis ! braille Tom.

Léa se hisse auprès de lui.

– Mais qu'est-ce qu'il y a ? demande-t-elle en posant masque et tuba. Qu'est-ce que tu as vu ?

– Regarde derrière nous !
La fillette tourne la tête.
– Aaah ! Un requin ! glapit-elle. Tom, il y a un requin !
– Ben je sais !
– Vite, sauvons-nous !
– Je fais ce que je peux…
Tandis que Tom se débat toujours avec la pagaie, l'aileron se rapproche dangereusement. Il se met à décrire des cercles autour du radeau.

« Les requins tournent autour de leur proie avant d'attaquer », se rappelle le garçon.

En ramant de toutes ses forces, il essaie de diriger le radeau vers la plage. Mais le vent et les vagues sont trop forts !

– Où est-il passé ? demande Léa. Je ne le vois plus.

Avec les vagues qui grossissent, Tom ne distingue plus l'aileron, lui non plus.

– Il est peut-être parti, espère-t-il, sans trop y croire.

– Aaaah ! crie Léa.

La tête du requin vient de surgir sur le côté du radeau. Sa gueule ouverte laisse apparaître des dents effroyables.

– Au secours ! hurle Tom à son tour.

Sans réfléchir, il lève la rame pour en asséner un grand coup sur le nez de la créature.

Le requin enfonce les dents dans la pagaie et la lui arrache des mains, avant de disparaître sous l'eau.

– Il s'en va ! fait Léa en voyant l'aileron s'éloigner.

– Ça m'étonnerait. Regarde !

L'aileron recommence à décrire des cercles autour d'eux.

– On a besoin de magie ! décide la fillette. Vite, Tom : une pièce d'or !

– On ne peut utiliser les pièces magiques que pour s'amuser, dit son frère.

– Et alors ? Ça sera amusant d'échapper à ce prédateur !

Léa sort une pièce de la bourse de velours et la tient à bout de bras. Le métal doré scintille sous le soleil des Caraïbes.

– On veut s'amuser à semer ce requin ! déclare-t-elle en la lançant vers le ciel.

La pièce disparaît dans une petite explosion. Elle retombe en une pluie d'étincelles bleues et rouges.

Le radeau se met à tourner sur lui-même, telle l'aiguille folle d'une boussole. L'instant d'après, il est propulsé au sommet d'une vague géante.

– Au secours ! crient Tom et Léa à l'unisson.

Le radeau franchit la crête, redescend sur l'autre versant, et file à toute vitesse vers le large.

Aussitôt, une autre vague le soulève.

Tom et Léa se cramponnent l'un à l'autre. Leur embarcation s'élève et plonge au rythme de la houle. Des gerbes d'eau salée jaillissent sur les côtés du radeau.

C'est un miracle si les deux enfants parviennent à rester à bord.
– Ça me rappelle le Grand Splash à Luna Park[1] ! s'écrie la fillette.
« C'est vrai qu'on se croirait à la fête foraine », songe Tom.
Mais il est encore sous le choc. « Où est passé ce requin ? se demande-t-il. Est-ce qu'il y en a d'autres. ? Comment va-t-on

1. Lire le tome 45, *Spectacle de magie avec Houdini.*

faire pour regagner la côte, maintenant qu'on n'a plus de rame ? »
– J'adore ça ! crie Léa, surexcitée. C'est trop rigolo !
Tom se détend peu à peu.
Le radeau continue de danser sur les vagues en direction de l'ouest. On dirait qu'il sait exactement où il va.
Des mouettes le suivent en criant. Soudain, Léa pointe un doigt vers l'horizon.

– Tom ! Regarde là-bas !

Le garçon aperçoit une côte rocheuse déchiquetée, bordée d'une bande de sable d'un blanc étincelant.

– La terre ! On est sauvés ! s'exclame-t-il.

4

Où est-on ?

Le radeau ralentit sa course folle. La mer s'est apaisée.

L'embarcation flotte doucement vers la côte rocheuse.

Même les mouettes se sont tues.

– Où est-on ? demande Léa.

– Attends, je vérifie…

Tom feuillette le guide de voyage à la recherche d'une carte.

Il pose le doigt sur l'île de Cozumel. Puis il le déplace vers la gauche, jusqu'à la côte est de la péninsule du Yucatán.

De petits points y signalent les nombreux hôtels et sites touristiques.

– On doit être à la pointe de la péninsule, dit-il en montrant la carte à sa sœur.

– Cool !

Le garçon déchiffre la légende :

Beaucoup de vacanciers visitent la côte est du Yucatán, au Mexique. On y trouve de luxueux hôtels spas et des restaurants quatre étoiles. Des compagnies d'autobus proposent des visites des ruines mayas et des gouffres naturels remplis d'eau…

– Des gouffres naturels…, répète Tom. À quoi ça peut ressembler…

Des bateaux de croisière longent la côte en allant de port en port. Des ferries emmènent les touristes sur l'île de Cozumel, dans la mer des Caraïbes.

– Bonne nouvelle ! s'exclame le garçon. On va pouvoir prendre un ferry pour retourner à Cozumel. Les requins ne pourront plus nous attaquer.
Il promène un regard autour de lui :
– Je me demande pourquoi on n'a vu aucun bateau…
– Ils sont peut-être tous rentrés au port, suggère Léa. On est en fin d'après-midi. La nuit va bientôt tomber…
– Tu as sûrement raison. On va attendre demain matin pour retraverser.
– Tant mieux ! se réjouit la fillette. Et si on dormait dans un hôtel luxueux ? Qu'est-ce que tu en penses ?
– Très bonne idée !
– On va pouvoir dîner, aussi. Dans un restaurant quatre étoiles, par exemple !
– Génial !
Tom adore la cuisine mexicaine, et il est affamé.

– Oh ! Qu'est-ce que c'est, là-bas ?
La fillette montre du doigt des bâtiments de pierre, perchés au sommet d'une falaise.
– Ce sont des ruines mayas, devine Tom. Comme la pyramide qu'on a vue à Cozumel…
– Regarde dans le guide…
Le garçon feuillette le livre jusqu'à ce qu'il tombe sur une photo de la paroi rocheuse, coiffée des mêmes bâtiments de pierre.

– J'ai trouvé !
Il fait la lecture à sa sœur :

Le parc Yucatán est situé sur la côte est de la péninsule. C'est un parc à thème qui attire les touristes du monde entier. Dans l'ancien temps, c'était un port édifié par les Mayas qui naviguaient sur la mer des Caraïbes.

– Un « parc à thème » ! répète Léa, songeuse. Mais c'est quoi, le thème ?
Tom tourne la page. Il découvre une photo de danseurs aux têtes ornées de grandes coiffes de plumes.
– On dirait que c'est la vie des anciens Mayas...
– Super !
Le jeune garçon reprend le fil de sa lecture :

Les touristes peuvent assister à de fabuleux spectacles. Mêlant danses, sons et lumières, ils mettent en scène l'histoire des Mayas. Un sentier pour les piétons relie le parc à des hôtels...

– Waouh, j'ai trop envie de voir un spectacle ! dit Léa.

– Et moi, j'ai envie de trouver un hôtel…

– Attention !

Le radeau s'approche d'un gros rocher qui affleure à la surface de l'eau.

– Tourne ! crie Tom.

Obéissante, l'embarcation pivote vers la droite et évite l'obstacle.

Peu après, une vague la dépose sur une petite plage de sable, au pied de la falaise.

Le radeau glisse sur l'écume et s'arrête.

La traversée magique s'achève.

– On est sauvés ! s'écrie Léa. Notre vœu a été exaucé, et on s'est bien amusés.

– C'était génial ! renchérit Tom.
L'attaque du requin ne lui semble plus aussi effrayante. Il sait qu'ils pourront rentrer à Cozumel en ferry.
Pendant que Tom et Léa rangent leurs affaires, le soleil disparaît derrière la falaise.
Le ciel se teinte de rose, puis de violet.
Tom sent que son visage le brûle. Il a pris un coup de soleil, et l'air frais le fait frissonner.
Il a hâte de s'installer dans une agréable chambre d'hôtel.
– Bon ! fait-il. Commençons par trouver où dormir…

– Si on allait jeter un coup d'œil au parc d'attractions d'abord ? suggère Léa.

– Ça doit être fermé à cette heure-ci. Il fait presque nuit.

– Tant pis, soupire la fillette. Mais alors on y passera demain matin de bonne heure, avant de partir.

– Bien sûr ! Moi aussi, j'ai envie de connaître l'histoire des Mayas.

Les deux enfants enfilent leurs tongs et descendent du radeau.

– Oh oh ! fait Tom. Je viens de penser à un truc...

– Quoi ?

– On a besoin d'argent.

– Mais oui, c'est vrai ! Pour l'hôtel, le restaurant, le parc à thème...

– Et les tickets de bateau.

La fillette sourit.

– Pas de problème ! On n'a qu'à utiliser une de nos pièces. On souhaitera avoir de

l'argent pour pouvoir s'amuser.
– D'accord ! s'esclaffe Tom. Ça devrait marcher.
Il fouille dans le sac et sort de la bourse la deuxième pièce d'or.
– Quelle somme on demande, à ton avis ?
– Cinq cents euros ?
– Quoi ? Tu es folle ! Aucun enfant ne se promène avec autant d'argent.
– Dans ce cas, on devrait plutôt demander une carte de crédit…
Tom secoue la tête :
– Ça m'étonnerait que Morgane ait un compte en banque.
– OK. Alors, cinq cents euros. Pour payer une chambre d'hôtel avec petit déjeuner, le restaurant quatre étoiles, les billets pour le parc à thème et le ferry…
– Va pour cinq cents, dit Tom.
Il lève la pièce d'or au-dessus de lui et déclare :

– Prépare-toi à recevoir une pluie de billets sur la tête !

Léa tend les mains devant elle.

– Vas-y !

– On souhaite avoir cinq cents euros, pour bien s'amuser, dit Tom.

Il lance la pièce en l'air. Elle explose dans un petit feu d'artifice bleu et rouge, comme la précédente.

Les étincelles s'éteignent, mais rien ne tombe du ciel.

– Oh, non ! gémit le garçon. Ça n'a pas marché.

– Mais si, regarde ! dit Léa.

Un tas de billets est posé au milieu du radeau. La fillette s'en empare et les compte.

– On a dix billets de cinquante euros !

– Super ! On n'aura qu'à les changer en pesos mexicains à l'hôtel.
– Passe-moi la bourse. Je vais mettre l'argent dedans…
Tom s'exécute, et Léa glisse les billets avec la dernière pièce d'or.
– Avant de partir, on devrait tirer le radeau sur le sable pour éviter que la mer l'emporte, dit Tom. Comme ça, d'autres gens pourront l'utiliser, s'ils trouvent une rame.
Les deux enfants saisissent chacun un côté de l'embarcation. Ils la traînent en haut de la plage à l'abri des vagues.
– Ho ! hisse !
– Chut ! fait Léa. Tu entends ?
Tom dresse l'oreille et perçoit une faible musique. Elle semble provenir du haut de la falaise.
– Le parc d'attractions est encore ouvert ! présume la fillette. Peut-être qu'ils sont en train de jouer un spectacle… Allons voir !

– Je préférerais trouver un hôtel, soupire Tom. On a eu une journée fatigante.

– S'il te plaît ! On va juste jeter un petit coup d'œil, et on fonce après à l'hôtel. Promis !

Le jeune garçon écoute un instant le son envoûtant des flûtes et des tambours qui vibre dans l'air.

C'est une musique mystérieuse et joyeuse à la fois.

– Bon, je veux bien…, cède-t-il.

– Youpi !

Léa part en courant. Tom ramasse le sac et se dépêche de la rattraper.

– Comment fait-on pour monter ? demande-t-il.

– J'ai aperçu un escalier tout à l'heure, en arrivant. Il est là, juste derrière les rochers.

5

Le parc à thème

Un vent frais s'est mis à souffler et la lune s'est levée, donnant à la mer des reflets argentés.
Léa montre à son frère un ouvrage de bois branlant, accroché à la paroi rocheuse.
– Là ! Voilà l'escalier dont je te parlais…
– Ça ?! s'écrie Tom.
– Je sais, il n'a pas l'air très solide, admet la fillette. Mais je ne vois pas d'autre moyen de monter.
Tom promène un regard sur la petite crique et secoue la tête.

– Moi non plus. J'ai l'impression qu'on n'a pas le choix.

La fillette s'engage sur les planches vermoulues, qui grincent sous son poids. Tom la suit en portant leur sac.

– Fais attention, dit-il. Tiens-toi à la rampe.

Il empoigne la balustrade et pose un pied au-dessus de l'autre avec précaution. Le vent fait tanguer l'escalier. On entend toujours le son des flûtes et des tambours. Tout à coup, une marche se brise sous le poids du garçon. Il s'agrippe à la rampe et saute *in extremis* sur la suivante. La planche brisée va s'écraser sur le sol.

– Ça va ? s'inquiète Léa.

– Oui, à peu près…

Tom continue de monter avec prudence, les deux mains accrochées à la rambarde.
Il pose enfin le pied sur le sol rocheux, au sommet de la falaise. Il pousse un soupir de soulagement.
– Ouf ! On y est, dit Léa, arrivée la première.
– Je n'en reviens pas qu'ils aient construit un escalier aussi pourri ! râle Tom.
– C'est sûrement pour qu'il ait l'air authentique, suppose Léa. Comme les escaliers d'autrefois...
– Je veux bien, mais la sécurité, alors ? S'il s'effondre, il risque d'y avoir des blessés graves.
Tom s'arrête un instant, le temps de reprendre son souffle.
Une odeur de feu de bois emplit l'air. La pleine lune éclaire un grand mur de pierre qui longe la falaise.

Les musiciens doivent se trouver derrière cette paroi. On ne les voit pas, mais le son de leurs instruments paraît tout proche.
– Ça a l'air super, hein ? fait Léa.
– Ouais…
Tom admet qu'il est curieux de voir ce spectacle.
– Je me demande comment on entre, ajoute la fillette.
– Une seconde…
Le garçon sort le guide de voyage. Il étudie la carte à la lueur de la lune.
– J'ai l'impression que le mur entoure tout le parc. L'entrée, avec la billetterie, est de l'autre côté… Ah, et il y a aussi un bureau d'information ! Ils pourront nous aider à trouver un hôtel.
– Mais on commence par le spectacle, hein ? insiste Léa.
– Oui, oui ! Allons-y !
Les deux enfants sont en train de longer

le mur, quand des sons de cor tonitruants s'élèvent dans la nuit.

La fillette se met à courir.

– Waouh ! Qu'est-ce que c'est ? Viens vite !

Lorsque Tom rejoint Léa, elle a le nez collé au mur. Elle profite d'une brèche pour regarder de l'autre côté.

– C'est bien un spectacle de chants et de danses, confirme-t-elle. Les costumes des artistes sont magnifiques ! Viens voir !

Elle s'écarte pour laisser son frère jeter un coup d'œil dans la fente.

Tom distingue des danseurs et des musiciens. Ils se produisent autour d'un grand feu, devant des bâtiments de pierre.

Plusieurs dizaines de spectateurs les entourent. Certains sont debout, d'autres, assis par terre.

– Viens, trouvons l'entrée du parc, propose-t-il.

– On pourrait passer par ce trou…, suggère la fillette.
– On n'a pas de billets.
– Si on cherche la billetterie, on va tout rater. On n'aura qu'à payer nos places en sortant.
– Bon, d'accord.
– Cool !
Léa se met de profil pour se faufiler dans l'ouverture.
– Tu vois : c'est facile…
– Tu peux m'aider, s'il te plaît.
Tom pousse le gros sac de baignade dans la brèche. Puis il s'y glisse à son tour. Arrivé de l'autre côté, il reprend le sac à sa sœur.
Et tous deux s'approchent du cercle des spectateurs.
Les danseurs sont tous des hommes. Ils ont des coiffes de plumes majestueuses et de superbes manteaux cousus de plumes.

Ils portent des bracelets d'argent et d'or aux bras et aux jambes. Leurs visages sont peints et leurs corps tatoués. Certains agitent des lances et des boucliers.

Près d'eux, des musiciens soufflent dans des flûtes en bois. Ils grattent des instruments creux faits de calebasses ou font tinter de grosses cloches.

D'autres frappent des bâtons les uns contre les autres. Ils cognent sur des carapaces de tortues géantes ou soufflent dans d'énormes coquillages, qui produisent des sortes de mugissements.

Pendant ce temps, des acteurs miment une histoire. Ils portent des masques de jaguars, de crocodiles et d'oiseaux.

Ils s'inclinent fréquemment devant deux hommes majestueux.

Ceux-çi, assis sur des trônes, ont des coiffes de plumes impressionnantes et des capes en peaux d'animaux.

Une rangée de guerriers se tient derrière eux.

– Ces deux hommes représentent sûrement des anciens rois mayas, chuchote Léa. Et les autres, de chaque côté, ce sont leurs gardes du corps. Quel beau spectacle !

Tom est forcé de l'admettre, même s'il n'y comprend pas grand-chose. Il scrute la foule des spectateurs.

Les femmes et les filles ont des robes colorées et de gros bijoux. Les garçons

et les hommes sont vêtus de pagnes ou de robes ornées de plumes.
La plupart portent aussi des coiffes.
– Tu ne trouves pas ça bizarre que le public aussi soit déguisé ? souffle Tom.
– C'est magnifique ! Peut-être que les spectateurs jouent un rôle… Si ça se trouve, quand tu achètes ton billet, on te prête un costume. Je vais me renseigner…
Léa s'approche de deux jeunes garçons en robes à plumes.
– Excusez-moi…
Les enfants sursautent, comme si elle les avait effrayés. Avant qu'elle ait pu les interroger, l'un d'eux se précipite vers une femme et lui montre Léa du doigt. Cette dernière pousse un cri d'effroi.
– Qu'est-ce que tu leur as dit ? demande Tom, surpris.
– Rien, se défend la fillette. Je ne sais pas à quoi ils jouent.

De plus en plus de gens se retournent pour regarder les nouveaux venus. Ils parlent à voix basse, l'air apeuré.

Tom secoue la tête.

– À mon avis, ces gens ne jouent pas.

– Ah bon ?

– Non. J'ai une drôle d'impression…

Soudain, la musique s'arrête. Les musiciens posent leurs instruments et regardent les deux enfants avec la même méfiance que les spectateurs. Plusieurs hommes armés de lances se dirigent vers eux.

Tom prend sa sœur par le bras.
– Viens, on s'en va !
– Attends ! proteste la fillette. J'aimerais comprendre. Il y a forcément une explication.
– Non ! Partons ! insiste Tom.
Il entraîne sa sœur vers la brèche dans le mur, lorsque des cris fusent dans leur dos. Tom jette un coup d'œil par-dessus son épaule. Il voit les guerriers courir vers eux. Quelques enfants curieux les suivent.
Tom insère le sac dans le trou, mais celui-ci reste coincé. Il a beau pousser de toutes ses forces, rien n'y fait !
– Tu ne veux pas essayer de savoir ce qui se passe ? insiste Léa.
– Non, dit le garçon. Je veux juste filer le plus loin possible de ces gens !
– Trop tard !
Tom se retourne. Les guerriers les ont rattrapés. Il tire de toutes ses forces sur

la bandoulière et tombe à la renverse avec le sac dans les bras.
Un instant plus tard, les porteurs de lances les encerclent.
– Bonjour ! dit Léa. Est-ce que ça fait partie du spectacle ?
Personne ne lui répond.
– On ne savait pas où acheter des billets, et, euh… on s'est dit qu'on paierait en sortant, ajoute-t-elle.
Toujours pas de réponse. Les guerriers s'entretiennent à voix basse : « Qui sont-ils ? D'où viennent-ils ? »
Une fillette de l'âge de Léa s'avance dans le cercle. Elle a de longs cheveux d'un noir brillant, coiffés en nattes.
Elle regarde la sœur de Tom avec curiosité, puis lui décoche un grand sourire.
– Pourquoi ont-ils interrompu le spectacle ? lui demande Léa. Que se passe-t-il ?
La fillette la dévisage en silence.

– Qui êtes-vous ? demande-t-elle enfin.

Avant que Léa ait pu répondre, une femme se précipite vers l'enfant. Elle lui saisit le poignet et l'entraîne au loin.

Un guerrier pointe sa lance sur Tom.

– Venez ! ordonne-t-il. Je vous emmène à la Maison des Colonnes.

– Euh… En fait, on préférerait trouver un hôtel…

L'homme le toise d'un air farouche.

– Mais bon, ça ira, concède le garçon. On n'est pas difficiles.

Du bout de sa lance, le guerrier commande aux deux enfants de traverser le champ pour rejoindre un édifice de pierres orné de colonnes. « Si ça fait partie du spectacle, ces gars-là prennent leur rôle très au sérieux ! » songe Tom.

L'homme les invite à monter un escalier de pierre aux marches inégales, ouvre une lourde porte de bois et leur fait signe d'entrer.

– Le roi va venir, dit-il.

La pièce est froide et vide, seulement éclairée par un rayon de lune qui filtre de l'unique ouverture.

Le guerrier referme la porte, abandonnant Tom et Léa dans la pénombre.

6

Cœur-du-vent

– Bon, eh bien, ce n’est pas vraiment un hôtel de luxe ! soupire Léa.
Un courant d’air humide entre par la petite ouverture.
La fillette frissonne et se frotte les bras. Quant à Tom, il est trop sonné pour parler. Il sort le guide de voyage. Et il s’approche de la lumière de la lune pour examiner sa couverture.
– Oh ! souffle-t-il. Je crois que j’ai compris…
– Quoi ?

– On n'est pas dans un parc à thème…
– Ah bon ? fait Léa. Mais alors on est où ?
– Dans la réalité.
– Comment ça ?
– Je crois qu'on est arrivés accidentellement au temps des anciens Mayas, dit Tom.
– C'est-à-dire ?
– Euh… il y a environ mille ans. Quand ils portaient des coiffes en plumes et combattaient leurs ennemis avec des lances.
– Comment c'est possible ? Teddy nous a envoyés à Cozumel à notre époque.
– C'est ce qu'il voulait faire ! Mais, quand tu as pointé le doigt sur la couverture du guide, tu as dû montrer le dessin de l'ancienne pyramide. On ne pouvait pas deviner que cette illustration nous enverrait à Cozumel dans le passé…
– Waouh ! Tu veux dire qu'on se promène sans le savoir dans le monde d'autrefois ?

Tom acquiesce d'un air grave.
– Ça alors ! s'exclame la fillette.
– C'est pour ça qu'on n'a pas vu un seul touriste. Aucun ferry, aucun bateau de croisière…, ajoute son frère.
– Mais oui, bien sûr !
Léa hoche la tête, pensive. Puis elle regarde de nouveau la couverture du livre.
– Dommage que je n'aie pas posé le doigt sur l'hôtel.
– Oui, dommage !
– Ce n'est pas étonnant que ces gens aient eu peur, enchaîne la fillette. C'est sûrement la première fois qu'ils voient des enfants comme nous.
– C'est clair ! On vient du futur – plus de mille ans dans le futur…
– Qu'est-ce qu'on fait, maintenant ?
– Il n'y a qu'une solution : sortir de là avant l'arrivée du roi et retourner à Cozumel.

– Tu crois qu'on peut s'échapper par la petite fenêtre ?
Léa jette un coup d'œil à l'extérieur.
– Ah, zut ! Il y a des gardes devant le bâtiment.
– Alors, c'est fichu ! bougonne Tom.
– Mais non ! On n'a qu'à utiliser notre dernière pièce d'or.
– Bien vu ! On va faire le vœu de s'évader pour retrouver la cabane magique. Sans être capturés par des guerriers et sans se faire attaquer par des requins. Ça peut être très amusant !
– On pourrait souhaiter traverser la mer en volant..., suggère Léa.
– Génial !
Tom ramasse le sac et fouille dedans. Il sort tout son contenu : palmes, gilets de sauvetage, masques et tubas. Puis il le retourne et le secoue.
– Où est passée la bourse avec les pièces ?

demande-t-il. Tu l'as rangée dans le sac, tout à l'heure ?
– Qui, moi ? fait Léa, perplexe.
– Oui, toi ! Est-ce que tu l'as remise à sa place ?
– Je ne sais pas. J'ai rangé les cinq cents euros dedans… Puis on a tiré le radeau sur le sable… On a entendu de la musique, et…

– Quand est-ce que tu as remis la bourse dans le sac ? la coupe Tom.
– Je… je ne sais pas, bredouille la fillette. Je ne suis pas sûre de l'avoir fait. Peut-être que je l'ai posée sur la plage… pour déplacer le radeau…
– Tu plaisantes ?
– Non. Je m'en souviens, maintenant ! avoue Léa, piteuse. C'est horrible ! J'ai perdu tout notre argent et la pièce magique ! Je suis désolée !
– Ça va, dit Tom. On va se débrouiller. Il faut juste qu'on sorte de là et qu'on redescende sur la plage avant que le roi arrive.
– Et qu'on retrouve cette bourse, ajoute Léa.
– Oui.
Tom prend une profonde inspiration.
– Bon, chaque chose en son temps. D'abord, on…

Il n'a pas le temps d'achever sa phrase. La porte s'ouvre à la volée. Tom range précipitamment les affaires dans le sac. Des guerriers entrent dans la petite pièce avec des torches. Ils sont suivis de plusieurs femmes vêtues de robes tissées de fils rouges, jaunes et violets. Leurs oreilles sont ornées de gros bijoux en jade.

Elles déposent des fleurs sur le sol, ainsi que des bols emplis de maïs, de haricots, de petits piments et de tranches d'ananas.

Deux autres hommes font alors leur apparition : ceux qui étaient assis sur les trônes.

« Ce sont sûrement des rois, songe Tom. Mais pourquoi sont-ils deux ? »

Les « rois » en question portent de grandes coiffes en plumes qui mesurent presque un mètre de haut.

Des peaux de jaguar couvrent leurs épaules, et leurs bras sont ornés de bracelets. Le plus vieux a les cheveux longs.

Une fillette aux nattes brunes se tient à ses côtés.

Léa reconnaît celle qui s'est adressée à elle, tout à l'heure.

– Bonjour, fait-elle.

– Nous sommes venus en paix, ajoute Tom.

Le jeune roi fait un pas en avant.

– Qui êtes-vous ? interroge-t-il.

– Tom et Léa. On vient de Belleville, répond la fillette.

– Comment êtes-vous arrivés ici ?

– En radeau. Depuis Cozumel.

Le vieil homme ramasse le guide de voyage qui traîne par terre.

– Qu'est-ce que c'est ?

« Oh, non ! songe Tom. Pourquoi j'ai oublié de le ranger ? »

Le roi tourne et retourne l'ouvrage dans ses mains.

– C'est un guide de voyage, explique Léa.

– Un « guide de voyage » ? répète le vieux roi.

Son visage se creuse de rides, mais ses yeux pétillent de curiosité. Il ouvre le livre et étudie une page.

Puis il montre du doigt la photo d'un avion en train d'atterrir à l'aéroport de Cozumel. Il interroge les enfants du regard.

– C'est un avion, dit Tom.

– Ça vole, ajoute Léa en agitant une main en l'air. Comme un oiseau.

Le vieux roi regarde son compagnon et hausse les épaules. Il feuillette encore quelques pages. Et il tombe sur la photo d'un bateau de croisière.

– Ça, c'est un paquebot, dit Tom.

– Un grand bateau qui transporte des milliers de personnes sur l'océan, explique Léa.

Le roi leur montre d'autres images : un homme qui fait du ski nautique et un sous-marin touristique.

– Un hors-bord, dit encore Léa. Un sous-marin…

Le roi continue de tourner les pages et s'arrête sur la photo d'une réception d'hôtel. On y voit une jeune fille qui travaille sur un ordinateur, pendant qu'un garçon regarde un match de football à la télévision. Tom et Léa se taisent. Tandis que le vieil homme feuillette toujours le guide, Tom jette un coup d'œil autour de lui.

Il croise le regard de la fille aux nattes. C'est la seule qui sourit.
Le monarque finit par refermer l'ouvrage et contemple longuement les deux enfants.
Il leur rend le livre. Puis il adresse un signe de tête à son compagnon.
L'instant d'après, les deux rois et la fillette quittent la pièce. Les femmes, puis les guerriers leur emboîtent le pas.
Le dernier laisse sa torche dans un support de pierre et referme la porte. Tom et sa sœur sont de nouveau seuls.
– Est-ce qu'on est leurs prisonniers ou leurs invités ? demande Léa.
– Je n'en sais rien, bougonne Tom. Nos vacances de rêve sont en train de devenir un cauchemar !
– Tu crois qu'on doit manger les trucs qu'ils nous ont laissés ?
– Je n'ai plus faim.

– Moi non plus, soupire Léa. Je me disais juste que ce serait plus poli…
– Il faut qu'on se renseigne sur leurs coutumes, réfléchit Tom.
Il ouvre le guide au chapitre intitulé « Les Mayas ». À la lumière de la torche, il entame sa lecture :

Autrefois, avant que Christophe Colomb ne découvre le Nouveau Monde, le peuple maya avait bâti une brillante civilisation. Les Mayas étaient des agriculteurs, des astronomes et des architectes talentueux, qui ont inventé un calendrier et un système d'écriture à base de signes et de symboles. Leurs descendants sont encore nombreux, de nos jours, au Mexique et en Amérique centrale.

Soudain, la porte se rouvre. La fillette aux nattes brunes se glisse dans la pièce.

– Bonjour ! la salue Léa. Comment tu t'appelles ?

– Cœur-du-Vent.

– Quel joli prénom !

– Merci. Je venais vous dire que mon père est en réunion avec son conseil, en ce moment…

– Ton père ? On le connaît ?

– Il s'appelle Grand Soleil, et c'est le souverain de Palenque. Un royaume situé dans la jungle, à plusieurs jours de marche d'ici.

– C'est l'homme qui a regardé notre livre ? devine Tom.

– Oui, c'est lui. Il voyage dans tout le pays pour trouver son futur héritier. Il y a quelque temps, nous nous sommes arrêtés ici, dans la Cité de l'Aube, pour saluer le roi et nous reposer. Mon père ne savait pas qu'il y trouverait ce qu'il cherche depuis si longtemps...

Elle sourit à Tom.

– Tu comprends ?

– Euh... Non, pas vraiment, avoue le garçon.

– Grand Soleil veut faire de toi son héritier, explique Cœur-du-Vent.

– Moi ? s'étrangle Tom.

– Il pense que les dieux t'ont envoyé pour devenir notre prochain roi, ajoute la fillette.

Léa n'en croit pas ses oreilles.

– Tom ? Votre roi ?

La jeune Maya hoche la tête.

– Comme mon père n'a pas de fils, il a décidé de ramener Tom dans notre royaume pour le préparer à gouverner notre peuple. C'est une bonne nouvelle, non ?

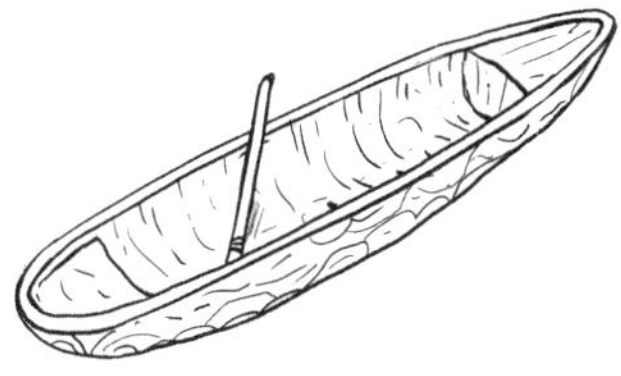

7

Les arbres qui marchent

Léa reste un instant bouche bée, avant d'éclater de rire.

Cœur-du-Vent s'esclaffe à son tour.

– Je suis contente que ça vous fasse plaisir ! Demain, au lever du soleil, nous quitterons la Cité de l'Aube pour retourner à Palenque. C'est un long voyage, qui prendra plusieurs lunes.

– Mais… Pourquoi moi ? demande Tom.

– Mon père est convaincu que tu es la réponse à ses prières. Il a vu que tu avais beaucoup de choses à enseigner à notre peuple.

– Mais non. Pas du tout ! proteste le jeune garçon. Je suis nul en agriculture, en astronomie et en architecture. Je ne connais même pas votre calendrier !

Il s'interrompt pour reprendre son souffle.

– Mon père t'apprendra tout ça, objecte Cœur-du-Vent. Et toi, tu nous enseigneras les merveilles de votre… Comment dis-tu, déjà ?

– Notre guide de voyage, répond Léa.

– Les merveilles de votre guide de voyage, répète la jeune Maya.

– C'est impossible ! Je ne sais pas fabriquer ces choses-là moi-même. Les avions, les sous-marins, les gratte-ciel, les ordinateurs… Il y a beaucoup de choses dans notre monde. Mais il faut aller à l'école et étudier pendant des années pour comprendre comment elles fonctionnent.

– En plus, on doit rentrer chez nos parents, ajoute Léa.
Cœur-du-Vent paraît troublée.
– C'est un grand honneur de devenir Grand Soleil de Palenque. Vos parents ne seraient-ils pas fiers de leur fils ?
– Si, sûrement, admet Léa. Mais ils nous manqueraient trop si on venait vivre avec vous.
– C'est vrai, confirme Tom. On fait plein d'activités avec eux. On mange ensemble, on joue, on lit des livres…
– On parle et on rit, complète Léa.
La jeune Maya baisse la tête.
– J'ai perdu ma mère, soupire-t-elle. Nous aussi, on parlait et on riait ensemble. Elle me manque beaucoup !
– Alors, tu comprends, dit doucement Léa. Et puis, ça briserait le cœur de nos parents si on les abandonnait. On est obligés de rentrer à la maison.

La fillette les regarde un long moment. Finalement, elle hoche la tête.

– Je comprends, dit-elle. Seulement, mon père risque d'être très contrarié…

Tom se soucie peu des états d'âme du vieux roi.

– Est-ce que tu pourrais nous aider à rejoindre la crique où on a laissé notre radeau ? demande-t-il. Il faut qu'on passe à Cozumel avant de rentrer chez nous.

Cœur-du-Vent inspire profondément.

– D'accord, je vais vous aider. Je vais vous accompagner jusqu'à la plage, même si je sais que ça rendra mon père malheureux…

– Merci ! s'écrie Tom.
– Des gardes font le guet le long du mur d'enceinte pendant la nuit, dit la jeune Maya. Mais j'ai découvert un passage secret pour rejoindre la mer. Depuis qu'on est ici, je pars souvent la nuit pour aller nager ou explorer la forêt.
– La nuit ? Tu es courageuse ! fait Léa, admirative.
– J'ai l'impression d'être plus libre dans le noir, répond la fillette.
Elle réfléchit un instant avant d'ajouter :
– Il y a aussi des gardes devant la porte. Je vais les distraire pendant que vous fuirez par la fenêtre. Retrouvons-nous près du mur d'enceinte, à l'endroit où on s'est vus pour la première fois.
– Entendu ! dit Léa.
– Surtout, restez dans l'ombre. Et soyez aussi silencieux que des chats.

Sur ces mots, la jeune Maya quitte la pièce et referme la porte derrière elle.

– Allons-y ! suggère Léa.

– Attends ! Retirons nos chaussures : elles font trop de bruit.

Les deux enfants ôtent leurs tongs et les rangent dans le sac. Ils s'approchent de la fenêtre pieds nus.

Léa y grimpe la première et saute de l'autre côté.

– Tiens, prends ça ! souffle Tom.

Il lui passe le sac, et sort à son tour. Puis il reprend son bien. De l'autre côté du bâtiment, les enfants entendent Cœur-du-Vent qui discute avec les gardes.

Ils s'éloignent à pas de loup de la Maison des Colonnes. Arrivés près de la brèche dans le mur de pierre, ils s'accroupissent.

Ils attendent la jeune Maya. Tom compte les silhouettes des gardes perchés sur le mur. Ils sont quatre, armés d'arcs, et regardent vers la mer.

Cœur-du-Vent apparaît soudain comme par enchantement. Tom ne l'a ni vue ni entendue approcher.

– Suivez-moi ! souffle-t-elle, avant de se glisser dans l'étroite ouverture.

De l'autre côté du mur, la fillette tourne le dos à la mer. Elle se dirige vers le versant opposé du promontoire, où pousse une épaisse végétation.

Tom et Léa descendent la colline derrière leur guide. Des buissons piquants égratignent les pieds et les jambes de Tom. Mais le garçon ne ralentit pas.
Il essaie d'être aussi rapide que Cœur-du-Vent.
La jeune Maya s'arrête au pied de la colline, et annonce :
– Pour rejoindre la plage, il faut traverser la forêt des arbres qui marchent.
– Des arbres qui marchent ? répète Léa. Ça a l'air chouette, mais un peu effrayant.
– Ne crains rien ! Ce sont des arbres très gentils.
Les trois enfants atteignent un marécage éclairé par la lune. Une odeur d'eau salée et de bois en décomposition flotte dans l'air.
Tom et Léa suivent leur guide en pataugeant dans l'eau peu profonde. Ils font attention à ne pas trébucher sur les racines.

De temps à autre, le garçon sursaute au contact d'une plante piquante. Il frissonne lorsqu'il sent courir des pattes minuscules sur la peau de son bras.

Cependant, il se retient de crier. Il veut se montrer aussi courageux que la jeune Maya. Elle traverse le marécage d'un pas tranquille, imperturbable.

– Waouh ! Ces arbres ont vraiment des jambes ! s'écrie soudain Léa en scrutant l'obscurité.

– Mais non, ce sont leurs racines, la détrompe Tom, qui a déjà vu des photos de mangroves tropicales.

– Bien sûr qu'ils ont des jambes ! insiste Cœur-du-Vent. Seulement, ils ne marchent que la nuit.

Peu après, un cri rauque déchire les ténèbres.

– Aaaah ! hurle Léa.

Cœur-du-Vent éclate de rire.

– N'aie pas peur. Ce ne sont que Ceux-qui-racontent-l'histoire-de-la-forêt.

Tom sourit. Il a reconnu le cri d'un singe hurleur, l'animal le plus bruyant du monde, mais il préfère le nom que lui donne Cœur-du-Vent.

« Peut-être que, dans leur langue, les singes racontent l'histoire de la forêt », songe-t-il.

– Venez par ici !

Alors que leur nouvelle amie s'enfonce dans les ténèbres, un grondement profond et menaçant trouble le silence.

– Oups ! C'est quoi, ça ? chuchote Tom.

Cœur-du-Vent lève une main.

– Chut ! fait-elle à voix basse. Il nous observe…

– Qui ? souffle Léa.

– Celui-qui-tue-en-un-bond.

– Ah, lui ! murmure Tom, en s'efforçant de plaisanter pour masquer sa peur.

Cœur-du-Vent sourit et pointe un doigt devant elle.

– Il est là-bas.

Dans une tache de lune, Tom aperçoit des yeux jaunes et une fourrure tachetée. « Un jaguar ! » songe-t-il.

– Est-ce qu'on ne devrait pas changer de direction ? demande-t-il d'une voix tremblante.

– Non. Je vais lui envoyer des pensées paisibles.

Léa et Tom se taisent pendant que Cœur-du-Vent fixe intensément le jaguar. Puis elle prend une profonde inspiration et annonce :

– Il nous autorise à passer devant lui.

– C'est vrai ? s'étonne Tom.

– Cool ! fait Léa.

La jeune Maya les conduit devant l'arbre où est tapi le jaguar.

Tom serre son sac contre lui, et passe devant l'énorme félin en retenant sa respiration.

– Bonne nuit ! lance Cœur-du-Vent au fauve.

– Et merci ! ajoute Léa.

Le jaguar se remet à gronder.

– Il a dit : « De rien », plaisante Tom.

Cœur-du-Vent rit doucement. Tom se joint à elle. Malgré le danger, il passe un moment fabuleux.

La jeune Maya continue d'avancer entre les racines enchevêtrées, pataugeant dans l'eau jusqu'aux genoux.

Soudain, elle s'arrête et indique un tronc d'arbre couché en travers du chemin.

– Ne vous approchez pas de ce tronc.

– Pourquoi ? demande Léa.

– Il est vivant.

– Vivant ? s'étrangle Tom.

Cœur-du-Vent casse une brindille et la lance dessus. Le « tronc » se met à bouger. Son énorme gueule s'ouvre et se referme. C'est un crocodile !

Tom et Léa font un bond en arrière.

– On l'appelle le Monstre-du-monde-souterrain, signale Cœur-du-Vent en contournant le gros reptile.

– Ça lui va bien, estime Léa.

– Et justement, pour arriver à la mer, on doit traverser le monde souterrain, ajoute la jeune Maya.

– Ah, d'accord. Et c'est quoi, exactement ? demande Tom.

– La demeure des ancêtres-esprits. Les guerriers de mon père refusent d'y pénétrer. Ils ont peur de ce qu'ils ne peuvent pas voir. Pas moi.

– Moi non plus ! déclare Léa.

– Moi non plus, ajoute Tom. Pas du tout !

Il est sincère. Depuis qu'ils sont avec Cœur-du-Vent, plus rien ne l'effraie.

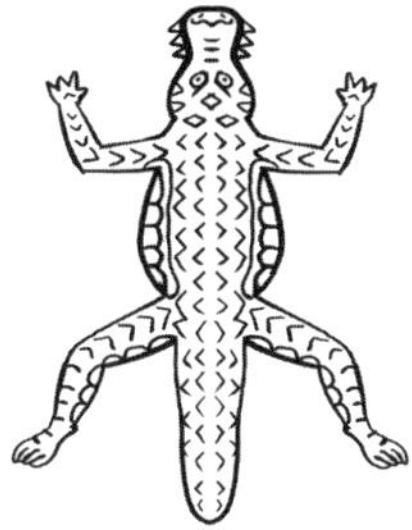

8

Le monde souterrain

– On arrive au Puits Sacré ! annonce Cœur-du-Vent quelques minutes plus tard. C'est ici que commence notre voyage dans le monde souterrain.

Elle s'arrête au bord d'un petit lac dissimulé derrière un rideau d'arbres et de lianes.

Les branches s'agitent dans la brise. Et les reflets de la lune dansent sur les eaux argentées. La fillette s'approche d'un canoë grossièrement creusé dans un tronc d'arbre. Elle ramasse une pagaie en bois posée à côté. Pendant qu'elle pousse l'embarcation dans l'eau, Tom se tourne vers sa sœur.

– Le guide de voyage parlait de gouffres naturels pleins d'eau, chuchote-t-il. C'en est sûrement un…

La fillette hoche la tête.

– « Puits Sacré », c'est un plus joli nom.

Cœur-du-Vent s'installe dans le canoë et invite Tom et Léa à la rejoindre.

Ils s'assoient avec précaution dans l'embarcation. Tom pose son sac sur ses genoux.

En quelques coups de pagaie, la jeune Maya dirige le canoë sur les eaux scintillantes du Puits Sacré.

Des parois rocheuses s'élèvent de chaque côté, formant un passage étroit. Peu après, la gueule sombre d'un tunnel s'ouvre au-devant d'eux.

– Voici l'entrée du monde souterrain ! déclare Cœur-du-Vent, sans cesser de ramer.
Le canoë s'enfonce dans le tunnel, qui débouche sur une vaste grotte.
Elle est percée en son plafond d'un énorme trou où entre la lumière de la lune. De l'eau ruisselle sur ses parois.
– Waouh ! s'émerveille Tom.
D'immenses colonnes de rocher blanc descendent du plafond. Des milliers de petits piquants hérissent les murs. Ils sont luisants comme de la glace.
– C'est beau ! s'extasie Léa. Qu'est-ce que c'est ?
– Des sculptures de pierre faites par le dieu de la Pluie, répond Cœur-du-Vent.
Tom a lu dans un livre de géologie que ce sont des stalactites. Elles ont mis des siècles à se former, grâce au ruissellement des gouttes d'eau dans les grottes.

Cependant, il préfère l'explication de Cœur-du-Vent.

La jeune Maya manie avec habileté le canoë entre les colonnes.

– Regardez par ici ! chuchote-t-elle.

Plusieurs statues en bois sont installées sur une corniche rocheuse. Il y a des jaguars menaçants, des serpents enroulés sur eux-mêmes…

La plus grande représente un roi en colère, le visage déformé par une affreuse grimace.

– Ils veillent sur le monde souterrain et protègent les ancêtres-esprits, explique Cœur-du-Vent.

Elle dirige le canoë dans un nouveau tunnel noir comme

l'encre. L'embarcation ne cesse de cogner contre les parois.
Tom touche la pierre glissante avant de retirer la main en frissonnant. Il serre son sac contre lui et essaie de calmer les battements de son cœur.
Le monde souterrain commence à l'effrayer un peu.
– Où sont les ancêtres-esprits ? chuchote Léa.
– Tout autour de nous, répond Cœur-du-Vent. Ils nous regardent.
– Brrr ! fait Tom.
« Pas étonnant que les guerriers du roi aient peur d'entrer ici », songe-t-il.
– N'ayez pas peur, dit la jeune Maya, comme si elle lisait dans ses pensées. Je vous protégerai.
– Merci ! fait Léa d'une petite voix.
Cœur-du-Vent rame paisiblement dans ce monde souterrain.

Au bout d'un long moment, le canoë émerge enfin dans un bassin à ciel ouvert.
– Ouf ! On est sortis, dit Léa.
– Et on est encore en vie, ajoute Tom, qui ne plaisante qu'à moitié.
– Bravo ! les félicite Cœur-du-Vent. Vous êtes plus courageux que les guerriers de mon père.
Tandis que Tom savoure le compliment, la jeune Maya approche le canoë de la rive. Elle maintient l'embarcation pour que ses passagers en descendent. Puis elle les imite et tire le bateau au sec.
La lune descend vers l'horizon. À l'est, le ciel s'éclaire déjà.
– Le jour va bientôt se lever, signale-t-elle. Qu'est-ce qu'on fait, maintenant ?
– Il faut qu'on retrouve quelque chose qu'on a perdu, dit Léa. Ça doit être près du radeau qu'on a laissé sur la plage. Juste au-dessous de la Cité de l'Aube…

– Suivez-moi !

La fillette guide Tom et Léa sur la berge envahie par la brume.

Ils arrivent bientôt devant des rochers qui s'avancent dans la mer.

– Il va falloir les escalader, déclare Cœur-du-Vent. Soyez discrets. Heureusement, le brouillard empêchera les gardes de nous voir. Ils ne quittent leurs postes qu'au lever du soleil.

La jeune Maya commence à grimper.

– Qu'est-ce que tu vas faire après notre départ ? l'interroge Léa.

– J'irai retrouver mon père pour lui dire que vous êtes partis rejoindre vos parents.

– Tu crois qu'il sera fâché ?

– Il sera surtout déçu : il va devoir trouver un autre héritier…

Léa reste un instant pensive avant de déclarer :

– J'aimerais bien lui poser une question.

Cœur-du-Vent paraît surprise.

– À mon père ? Laquelle ?

– Je voudrais lui demander pourquoi sa fille, Cœur-du-Vent, ne pourrait pas gouverner son royaume quand il ne sera plus là.

La jeune Maya éclate de rire.

– Tu as perdu la tête !

– Mais non, c'est une bonne question ! intervient Tom. Je te verrais bien devenir le prochain Grand Soleil de Palenque.

– Chez nous, signale Léa, il y a des femmes qui dirigent des villes, et même des pays.

Cœur-du-Vent est sidérée.

– Vraiment ? Ici, c'est impossible ! Aucune femme n'a jamais gouverné le peuple maya.

Elle recommence à grimper comme si le sujet était clos.

Tom et Léa accélèrent le rythme pour ne pas se laisser distancer.

Après avoir escaladé un énorme rocher, ils arrivent finalement sur la petite plage de sable.

– Merci pour ton aide, Cœur-du-Vent ! dit Léa. Tu es très courageuse. Autant que n'importe quel guerrier, et même plus.

– Et tu es beaucoup plus calée que moi, ajoute Tom. Je parie que tu t'y connais en agriculture, et que tu sais te servir de votre calendrier !
– Oui, c'est vrai, admet la jeune Maya.
– En plus, tu parles aux jaguars, enchaîne Léa.
– Tu n'as pas peur du dieu de la Pluie, ni des ancêtres-esprits, renchérit Tom.
– Alors, je ne vois pas pourquoi tu ne pourrais pas gouverner ton peuple ! conclut Léa.
Cœur-du-Vent se tourne vers la mer et secoue la tête.
– Je ne peux même pas l'imaginer…
– D'accord, admet Léa. Mais je voudrais quand même te poser la question. Est-ce que tu aimerais devenir le Grand Soleil de Palenque un jour ? Si c'était possible, est-ce que ça te plairait ? Dis-moi la vérité.

Cœur-du-Vent sourit.
– Oui, avoue-t-elle. J'aimerais gouverner mon peuple.
– Je suis sûre que tu veillerais bien sur les Mayas ! triomphe Léa. Comme tu as veillé sur nous.
La fillette hoche la tête.
– Je serais juste et équitable. J'enseignerais à tout le monde à lire notre calendrier et utiliser notre écriture. Je m'arrangerais pour que les gens aient assez de poissons, de haricots et de céréales pour se nourrir…

– Il faut absolument que tu dises ça à ton père ! affirme Léa.
– Il se moquerait de moi ! Il ne laissera jamais une fille hériter de son trône, même pas son enfant chérie. Ce serait contraire aux coutumes et aux traditions de nos ancêtres.

– Tu n'as vraiment aucun moyen de le convaincre ? demande Tom.

– Pour ça, il faudrait un miracle.

– J'ai une idée ! intervient Léa. Si c'était Tom qui le lui suggérait ?

– Moi ? s'étrangle l'intéressé.

– Oui. Le père de Cœur-du-Vent croit que tu viens d'un pays lointain pour enseigner des choses à son peuple. Tu n'as qu'à lui dire que les filles font des super chefs…

– Non ! C'est trop risqué.

Cœur-du-Vent est pensive. Soudain, elle hoche la tête.

– Oui, approuve-t-elle. Je pense que Tom pourrait faire changer mon père d'avis.

– Génial ! s'écrie Léa.

– On ne peut pas retourner là-haut, proteste le jeune garçon. Imagine que son père ne veuille pas m'écouter. Je ne veux pas devenir le prochain Grand Soleil de Palenque, moi !

– Ne t'inquiète pas. On n'a pas besoin de remonter. Et le père de Cœur-du-Vent t'écoutera, parce qu'il aura l'impression d'assister à un miracle.

– Quoi ? Comment ?

– Passe-moi le sac, s'il te plaît.

Tom obtempère. Léa fouille à l'intérieur et en sort le téléphone portable.

– C'est lui qui va repartir avec Cœur-du-Vent, explique-t-elle. Avec un message important de ta part…

9

Un message pour le roi

– Léa, tu es géniale ! s'écrie Tom.

– Merci ! dit la fillette, ravie. Mais tu aurais fini par y penser, toi aussi.

– Je ne crois pas. C'est la meilleure idée que tu aies jamais eue !

Léa montre le téléphone à Cœur-du-Vent.

– Regarde, c'est pour toi !

Elle presse sur le bouton « on/off », et l'écran s'allume.

– Oh !

La jeune Maya fait un bond en arrière, effrayée. Tom éclate de rire.

– Ne t'inquiète pas, ce n'est pas dangereux ! On va juste s'en servir pour envoyer un message à ton père.

Cœur-du-Vent est partagée entre la méfiance et la curiosité. Sans oser s'approcher du téléphone, elle s'informe :

– Qu'est-ce que c'est ? D'où ça vient ?

– Les téléphones ont été inventés par Alexander Graham Bell, commence Tom. Autrefois, ils avaient des fils et il fallait les brancher dans des prises. Mais ensuite, on a créé des téléphones sans fil, puis des portables, qui…

– Stop ! le coupe Léa. On n'a pas le temps d'entrer dans les détails… Réfléchis plutôt à ce que tu vas dire au Grand Soleil de Palenque…

Puis, à l'intention de Cœur-du-Vent :

– Patience, tu vas bientôt comprendre…

La jeune Maya hoche la tête, mais elle a toujours l'air abasourdi.

Léa effleure l'icône « vidéo » sur l'écran et oriente le téléphone vers son frère.

– Préviens-moi quand tu seras prêt…

Le garçon s'assied sur un rocher et s'éclaircit la gorge.

– C'est bon, tu peux me filmer.

– Action ! signale aussitôt Léa.

Tom fixe le téléphone et se met à parler d'une voix grave :

– Mes hommages, Grand Soleil de Palenque. Ma sœur et moi, nous sommes venus de Belleville, un territoire lointain, pour vous transmettre un message important. Nous voulons vous dire que les femmes sont capables de gouverner aussi bien que les hommes ! Elles sont aussi courageuses, intelligentes et responsables qu'eux. Dans notre monde, de nombreuses femmes sont présidentes, reines, députées, chefs d'entreprise ou chefs militaires…

Il marque une pause pour reprendre son souffle avant de continuer :

– Votre fille, Cœur-du-Vent, doit vous succéder sur le trône. Sa sagesse et son courage surpassent ceux de nombreux hommes. Elle saura être un grand chef en temps de danger comme en temps de paix. Faites-moi confiance, et surtout faites confiance à Cœur-du-Vent !

Tom s'interrompt, et Léa coupe la caméra.

– Formidable ! s'exclame la fillette.
Elle se tourne vers la jeune Maya.
– Qu'est-ce que tu en penses ?
– C'est… merveilleux ! J'aurais tellement aimé que mon père puisse l'entendre !
– Pas de problème ! fait Léa avec un sourire malicieux. Regarde !
Elle tourne le téléphone vers la fillette et appuie sur « vidéo ». Le visage de Tom apparaît à l'écran.
« Mes hommages, Grand Soleil de Palenque… »
Cœur-du-Vent en reste bouche bée.
– Oh ! Comment c'est possible ?
– Euh… C'est trop compliqué à expliquer, dit Tom.

– Voilà ce que tu vas faire, reprend Léa. Après notre départ, tu iras montrer ça à ton père et ses guerriers. Il faut absolument que tu le fasses aujourd'hui. Une fois le soleil couché, le message disparaîtra. Tu comprends ?

– Oui, oui !

– Bien ! approuve Léa. Donc, tu devras appuyer sur ce bouton, puis là… et là… C'est facile, non ? Essaie.

Cœur-du-Vent enfonce prudemment le bouton et effleure les icônes.

L'image de Tom apparaît de nouveau. « Mes hommages, Grand Soleil de Palenque… »

Cœur-du-Vent regarde Tom délivrer tout son message. Lorsqu'il s'achève, elle continue de fixer l'écran, comme hypnotisée.

– Tu penses que ton père va m'écouter ? lui demande Tom.

La jeune Maya hoche la tête.

– Oui.
– Parfait ! dit Léa. On te laisse le téléphone. Surtout, ne le fais pas tomber et ne le mouille pas.
– Merci !
– On ferait bien de filer, maintenant ! se rappelle Tom. Avant que les rois ne s'aperçoivent qu'on n'est plus dans la Maison des Colonnes…
La jeune Maya jette un coup d'œil en haut de la falaise.
– Tu as raison. Les gardes sont partis.
Tom prend sa sœur par le bras.
– Viens. Il faut qu'on retrouve notre radeau.
Alors qu'ils marchent sur le sable frais, le brouillard se lève peu à peu.
Dans l'aube rosée, une volée de mouettes se met à crier en planant au-dessus des vagues. L'eau scintille dans la lumière du petit matin.

– Je le vois ! s'exclame soudain Léa.
Elle part en courant. Tom et Cœur-du-Vent s'élancent derrière elle.
Arrivée devant l'embarcation, Léa tombe à genoux et tâtonne le sable alentour.
– Elle est là ! crie-t-elle en brandissant la bourse de velours. Tom, je l'ai trouvée !

– Génial ! La pièce d'or est bien dedans ?

Léa ouvre la petite bourse.

– Oui ! Tout y est : la pièce d'or et notre argent ! On peut rentrer à la maison.

Elle se lève d'un bond, tandis que Tom pousse un soupir de soulagement.

La jeune Maya désigne le radeau.

– C'est avec ça que vous avez traversé la mer ? Où est votre rame ?

Léa secoue la tête.

– On n'en a plus. Un requin nous l'a arrachée, et…

– Un requin ? s'étonne Cœur-du-Vent. Il n'était pas sympathique ?

Tom fait la moue.

– Non, pas vraiment ! Je ne sais pas si ça existe, un requin sympa…

– Si, bien sûr ! Il y en a plein, assure la jeune Maya.

« Décidément, cette fille n'a peur de rien », songe Tom.

– Le nôtre avait de grandes dents, signale Léa

– Et il ne souriait pas ! ajoute son frère.

– Heureusement, nos amis nous avaient donné une pièce d'or magique. On a fait un vœu, et le radeau nous a conduits jusqu'ici.

La jeune Maya n'a pas l'air surpris.

« Il en faut sûrement plus que ça pour étonner une fille qui parle aux jaguars », se dit Tom.

– Vous allez utiliser une autre pièce d'or pour retraverser la mer ? demande la fillette.

– Oui.

– Quel vœu vous allez faire, cette fois ?

– Euh… de rentrer tranquillement à Cozumel, suggère Tom.

– En nous amusant ! ajoute Léa en sortant la pièce de la bourse. La magie ne fonctionne que si on l'utilise pour passer un bon moment.

– Tu veux nous regarder partir ? propose Tom à leur amie.

– Avec plaisir !

Le garçon pose le sac sur le radeau. Puis, avec l'aide de sa sœur, il pousse l'embarcation sur l'eau.

Dès qu'ils sont à bord, Léa lève la pièce d'or.

– Attendez ! s'écrie la jeune Maya. Je peux faire le vœu à votre place ?
– Euh… Je ne sais pas, hésite Tom.
– Mais oui, bien sûr ! accepte Léa.
Cœur-du-Vent entre dans l'eau, et Léa lui confie la pièce.
– Il te suffit de nous souhaiter un voyage sans danger et amusant pour rentrer à Cozumel, dit-elle. Ensuite, tu la lances en l'air. OK ?
– Entendu ! Je vais vous offrir un miracle, moi aussi !
La jeune Maya serre la pièce dans son poing.
Puis elle chuchote quelques mots avant de la lancer très haut au-dessus de sa tête.
La pièce d'or explose dans un joli feu d'artifice violet, bleu et jaune.
– Merci ! fait Tom. Et bonne chance pour…

Avant qu'il ait pu finir sa phrase, le radeau file sur l'eau en direction du soleil levant.

– Au revoir ! crient Tom et Léa à l'unisson.

Cœur-du-Vent agite les bras en signe d'adieu. Sa silhouette rétrécit à mesure que le radeau s'éloigne sur une mer calme. Tom se rassoit. Des mouettes décrivent des cercles paresseux au-dessus de leurs têtes.

– J'espère que ça ne te dérange pas qu'on lui ait donné notre portable, dit Léa.

– Non, pas du tout. On n'aura qu'à dire à papa et maman qu'on l'a laissé…

– Au bord de l'eau, achève Léa.

– En plus, c'est la vérité ! dit Tom.

Des gerbes d'eau lui éclaboussent le visage. Soudain, les mouettes se mettent à pousser des cris perçants.

Tom lève la tête, intrigué.

– Qu'est-ce qui leur arrive ?

Léa regarde autour du radeau et se pétrifie. Elle pointe un doigt sur leur sillage.

– Oh, non, regarde !

– Quoi ?

– Ça ! crie la fillette, en agitant le doigt.

Tom écarquille les yeux. Un énorme aileron fonce droit sur eux.

10

Une traversée inoubliable

– Ah, non ! Ça ne va pas recommencer ! gémit Tom. Je croyais que Cœur-du-Vent nous avait souhaité une traversée sans danger !
– Je ne comprends pas, avoue Léa.
L'aileron du requin fend les vagues derrière le radeau. Même s'il semble garder ses distances, il est clair qu'il les suit.
Tom fixe la nageoire avec consternation. Que faire ? Ils n'ont plus de pièce d'or pour se sortir de ce mauvais pas.
– Il ne va peut-être pas nous attaquer, fait Léa, pleine d'espoir.

À peine a-t-elle prononcé ces mots que le requin fonce vers le radeau. Et il sort la tête de l'eau. Il est aussi gros qu'une baleine !
Sa peau marron est tachetée de blanc. Il a un museau rond. Sa gueule, immense, mesure au moins un mètre cinquante de large !
Le monstre plonge. Le radeau se soulève soudain et reste comme suspendu dans les airs.
– Aaaaah ! crient Tom et Léa en se cramponnant à leur embarcation.

Le radeau oscille dangereusement. Tom se voit déjà projeté dans les vagues. Il ferme les yeux et se prépare au pire.

Mais le radeau continue d'avancer, et personne ne tombe à l'eau.

– Ouvre les yeux ! dit Léa.

Le garçon obéit. Le requin nage juste sous la surface. Il maintient leur embarcation en équilibre sur son dos.

– Qu'est-ce qu'il fait ? s'étonne Tom.

– Je ne sais pas… Peut-être qu'il nous ramène à Cozumel ! Peut-être que c'est ça, le miracle dont parlait Cœur-du-Vent !

– Quoi ?

– Elle a peut-être souhaité qu'un requin nous aide à faire une traversée amusante et sans danger !

– C'est dingue !

– Moi, je trouve ça merveilleux ! Je parie que c'est un requin sympathique ! Peut-être qu'ils en parlent dans notre guide…

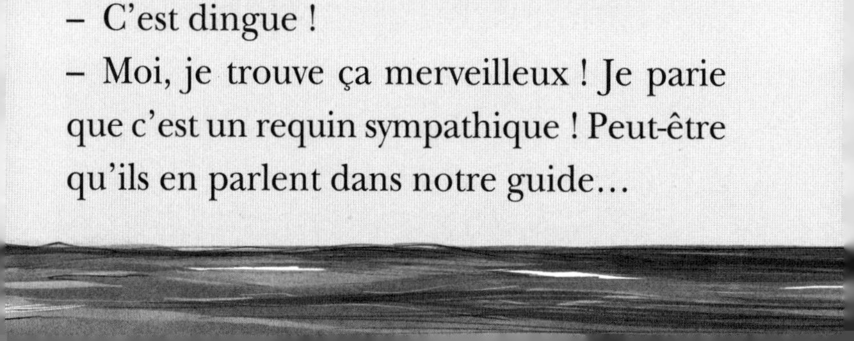

Tom sort le livre du sac. Luttant contre le vent qui tourne les pages, il consulte l'index.

– Religion... Reptiles... Requin... J'ai trouvé ! s'exclame-t-il.

Il ouvre le guide à la bonne page et se met à lire :

Le requin-baleine est le plus gros poisson du monde. Chaque année, des centaines de ces créatures gigantesques migrent vers les eaux côtières du Yucatán. Les requins-baleines ne se nourrissent que de plantes et de poissons, et ne s'attaquent jamais aux hommes. Parfois, ils acceptent que les plongeurs naviguent sur leur dos.

– Tu vois ? Je te l'avais dit ! assure Léa. Il est inoffensif. C'est le cadeau que nous a fait Cœur-du-Vent !

Le radeau continue de voguer sur la mer des Caraïbes en direction de l'est. Des mouettes, des sternes et des pélicans l'escortent en poussant des cris rauques. On dirait qu'ils se moquent du gros poisson et de ses passagers.

Tom est détendu, à présent, et il s'amuse comme un fou. Il voudrait que cette traversée dure éternellement.

– Terre ! crie soudain Léa.

Tom met une main en visière. À l'horizon, il aperçoit Cozumel, avec sa plage de sable blanc comme du sucre, sa pyramide de pierre à étages et ses palmiers.

Ils approchent de la côte. Le requin s'enfonce dans l'eau, reposant le radeau à la surface de la mer.

Poussé par les vagues, celui-ci va doucement s'échouer sur le sable.

Tom et Léa sautent à terre et se retournent. L'aileron s'éloigne déjà vers le large. Léa agite une main.

– Au revoir ! Et merci !

L'instant d'après, le requin disparaît.
Tom et Léa restent silencieux un long moment. Puis le garçon pousse un soupir et range le guide dans le sac.
Il passe ses tongs à Léa, enfile les siennes et remet le sac sur son épaule.
– Prête ?
– Prête ! fait la fillette.
Ils traversent l'étendue de sable chaud en direction du palmier. L'échelle de corde pend contre le tronc.
Léa y grimpe la première, suivie par son frère.
Une légère brise souffle dans la cabane magique. Tom ramasse le livre sur Belleville posé par terre.
– Prête ? demande-t-il une nouvelle fois.
Postée à la fenêtre, Léa contemple la mer turquoise. Elle se tourne vers son frère avec un grand sourire.
– Ça, c'était des vacances !

Tom approuve de la tête et pose le doigt sur l'image du bois de Belleville.
– Nous voulons aller là…
Le vent se met à souffler ; la cabane, à tourner. Elle tourne de plus en plus vite. Puis tout s'arrête, tout se tait.

Une délicieuse odeur de feuilles d'été et d'aiguilles de pin flotte dans la cabane magique.
Tom hume l'air avec ravissement.
– Ah, la bonne odeur de la maison !
– C'est toujours agréable de rentrer chez soi après les vacances, reconnaît Léa.
– Alors, vous vous êtes bien amusés ? dit une voix toute proche.
– Teddy ! s'exclament Tom et Léa en chœur.
Le jeune sorcier est assis à califourchon sur une branche du gros chêne. Il entre par la fenêtre.

– J'ai eu envie de venir vous accueillir à votre retour. Alors, ces vacances, c'était comment ?

– Fabuleux ! répond Léa.

– Même si ce n'était pas tout à fait ce qu'on avait imaginé…, dit Tom.

– Que s'est-il passé ? Vous avez eu des soucis avec votre matériel de snorkeling ?

– Non, non, le détrompe Tom. Ce qui nous a surpris, c'est l'attaque du requin.

– Et quand on a été capturés par des anciens Mayas, ajoute Léa.

– On a dû s'enfuir en traversant une forêt marécageuse, raconte Tom.
– Et traverser le monde souterrain, où vivent les ancêtres-esprits, enchaîne Léa.
– Un peu plus, et je devenais le prochain Grand Soleil de Palenque ! conclut Tom.
– Hum, hum, fait Teddy, perplexe. Mais, à part ça, tout s'est bien passé ?
Tom et Léa éclatent de rire.
– Sérieusement, que vous est-il arrivé ? demande le jeune sorcier.
– Exactement ce qu'on vient de te dire.
– Je vais t'expliquer.
Tom ouvre le sac de baignade. Il sort le guide de voyage et montre à leur ami l'image de la pyramide qui orne la couverture.

– En pointant le doigt sur ce dessin, on s'est retrouvés dans le Mexique d'autrefois. Il y a plus de mille ans !
– Oh, zut ! fait Teddy. Alors, il n'y avait pas d'hôtels de luxe ?
– Aucun ! confirme Tom.
– Heureusement, grâce à tes trois pièces magiques, on s'en est très bien sortis, ajoute Léa. On a même passé un super bon moment ! Et on a peut-être aidé une petite fille maya à devenir reine…
– C'est vrai ?
– Oui ! Et on a navigué sur le dos du plus gros requin du monde !
– Exact ! confirme Léa.
Tom fouille de nouveau dans le sac et en sort la petite bourse de velours. Avant de la tendre à Teddy, il l'ouvre.
Les billets de cinquante euros ont disparu.
– Elle est vide ! constate-t-il.
Léa hausse les épaules.

– Normal. Cet argent était pour nos vacances, et on n'en a pas eu besoin.

Tom rend la bourse à Teddy, tandis que Léa lui remet le guide.

– Je voudrais bien entendre votre histoire en détail, dit le jeune sorcier.

– On te la racontera, c'est promis ! fait Tom. Mais, là, il faut qu'on rentre à la maison.

Ses parents commencent à lui manquer. C'est sans doute parce qu'ils en ont parlé avec Cœur-du-Vent…

– Remercie Morgane et Merlin de notre part, ajoute Léa.
– Entendu. Quand ils vont apprendre ce qui s'est passé, ils vont sûrement vouloir vous envoyer de nouveau en vacances…
– Pas tout de suite ! Il faut d'abord qu'on se repose.
– Oui, on a besoin de vacances, après des vacances pareilles, plaisante Tom.
Il ramasse le sac de baignade et descend l'échelle de corde, suivi par sa sœur.
Teddy les regarde par la fenêtre.
– Au revoir, et à bientôt, j'espère ! leur lance-t-il.
Quand les deux enfants arrivent au sol, une lumière aveuglante enveloppe le tronc du gros chêne.
Puis, dans un éclair, la cabane magique disparaît.
– Au revoir, lance Léa.
– Viens, rentrons à la maison ! la presse Tom.

Il attache le sac sur son porte-bagages. Puis les deux enfants enfourchent leurs bicyclettes et slaloment entre les arbres. Ils roulent sur des racines, des écorces tombées et des aiguilles de pin jusqu'à l'orée du petit bois de Belleville.

Une fois dans la rue, ils regagnent leur maison en quelques coups de pédale. Ils garent leurs bicyclettes dans le garage et entrent dans la maison.

– Maman ! Papa ! appelle Léa. On est revenus de la plage.
– Venez nous raconter ! fait leur père, depuis la cuisine.
– Et manger une part de pizza, ajoute leur mère. Elle sort du four !
– On arrive ! dit Tom. Il faut d'abord qu'on vérifie quelque chose ...
– Qu'est-ce que tu veux vérifier ? demande Léa en suivant son frère dans le salon.
– Un truc sur Internet...
Tom s'assied devant l'ordinateur et tape les mots « Reine Maya Cœur-du-Vent » dans le moteur de recherche. Une entrée surgit aussitôt.
Il clique sur le lien et lit tout haut :

Yohl ik'nal régna sur la cité maya de Palenque de 583 à 604. Son nom signifie Cœur-du-Vent.

– Youpi ! On a réussi ! s'écrie Léa.
– Attends...
Tom continue sa lecture :

Elle est devenue reine après la mort de son père, le Grand Soleil de Palenque. C'est la première femme à avoir gouverné le peuple maya. On pense qu'elle a accédé au trône d'une façon mystérieuse, mais on ne connaît pas les détails.

Les deux enfants se regardent avec un sourire jusqu'aux oreilles.
– Ça alors, c'est fantastique ! chuchote Léa.
Tom referme l'ordinateur.
– Bon, si on allait manger cette pizza ? Je suis affamé !

Fin

Découvre vite la suite des aventures de Tom et Léa dans le prochain tome :

49. Chiens de traîneau en Alaska

Si tu as envie de nous donner
tes impressions sur la série
ou nous parler de tes propres voyages,
réels ou imaginaires,
n'hésite pas à nous écrire !

N'oublie pas d'écrire
ton nom et ton adresse
sur la lettre !